Sa vie,

Le secret
du ninja rose

Une histoire écrite par Arnaud Alméras
illustrée par Frédéric Benaglia

mes premiers
j'aime lire
bayard poche

Boris, c'est vraiment le plus gentil des serviteurs ←

Ce jour-là, je recevais ma première couronne de princesse !

TROP FIÈRE ! →

Matteo et Youssra, ce sont mes meilleurs amis du monde entier de mon cœur !!! ←

Au palais de Château-Dingue, ce samedi-là, tandis que le roi et la reine sont partis visiter une exposition de peinture, Boris, le fidèle serviteur russe, cuisine en sifflotant.

Dans sa chambre, la princesse Lili Barouf joue avec ses amis, Matteo et Youssra.

– On dirait que ton lit serait un radeau entouré de requins affamés, imagine Matteo. Alors ce serait dangereusement mortel !

– Et soudain, on verrait une île… suggère Youssra.

– Elle serait déserte… ajoute Matteo.

– Mais non ! rétorque Youssra. Il y aurait de gentils habitants qui nous recueilleraient.

– Et on serait sauvés ! conclut Lili en serrant Ploc, son dragonneau, contre son cœur.

La princesse et ses amis sont loin de se douter que, pendant qu'ils s'amusent, deux individus sont occupés à scier un barreau de la grille du parc. Les deux ombres courent silencieusement jusqu'au palais et se faufilent dans la cuisine. *Poum!* D'un violent coup de matraque au sommet du crâne, le pauvre Boris est assommé. L'un des hommes s'empare du trousseau de clés du serviteur, avant d'enfermer celui-ci dans le placard à balais.

– Objectif n° 1 atteint : le vieux singe est hors d'état de nuire, chuchote-t-il à son complice. Objectif n° 2 : la princesse.

Les malfaiteurs grimpent les escaliers, un plan du palais à la main. Puis l'un d'eux désigne une porte dans le couloir. Celui qui tient le trousseau donne aussitôt deux tours de clé dans la serrure : *clic, clic.*

À ce bruit, Youssra tend l'oreille et s'étonne :

– Mais qui nous a enfermés ?

– Boris ? Boris ! appelle Lili.

Matteo s'acharne sur la poignée… Peine perdue.

– Boris est devenu fou ! s'écrie Youssra.

Vite, Lili colle son oreille contre la porte, et ce qu'elle entend la fait frémir d'effroi : « Objectif n° 3 : le coffre-fort. »

– Ce n'est pas Boris, murmure-t-elle à ses amis. Ce sont… des cambrioleurs !

Les trois enfants se regardent, ébahis.

– Ça, c'est une vraie aventure ! s'exclame Matteo, les yeux brillants d'excitation.

– Mais ça peut être dangereux ! réplique Youssra.

– En tout cas, on ne va pas les laisser voler le trésor de papa ! déclare Lili d'un ton décidé.

Elle saisit le téléphone portable que sa marraine-fée lui a offert à sa naissance, et elle appuie sur l'unique touche en forme d'étoile, comme à chaque fois qu'elle est dans une situation très délicate.

– Allô, Valentine ? C'est Lili...

À l'autre bout du fil, Valentine plaisante :

– Quelle bêtise as-tu encore faite, ma Lili chérie ?

– Pour une fois, je n'y suis pour rien. Des voleurs se sont introduits dans le palais !

Et Lili explique à sa marraine-fée ce qui se passe.

– Ne t'inquiète pas, Lili, je vais t'aider, la rassure Valentine.

Puis elle prononce une des formules magiques dont elle a le secret :

Abracabarouf, ma Lili,
redoutable ninja, te voici !
Mais, quand la nuit tombera,
l'enchantement cessera.

Aussitôt, un éclair traverse la chambre, illuminant les murs.

Lorsque Youssra et Matteo rouvrent les yeux, ils découvrent leur amie changée en ninja, un de ces fameux combattants experts en arts martiaux. Sur le dos, elle porte un sabre, à la main un bâton de combat, et à la ceinture un poignard. Des étoiles métalliques complètent son équipement.

Impossible, pourtant, de la confondre
avec un autre ninja… Pour lui faire plaisir,
Valentine l'a dotée d'une combinaison rose !
– Merci, Valentine ! s'écrie Lili. Les bandits vont voir ce qu'ils vont voir !

Zif, zaf, zoufff! La princesse exécute d'impressionnants enchaînements de karaté. Puis elle bondit, et *bing!* d'un coup de pied, elle casse en deux la porte de sa chambre.

CRAC!

Matteo essaie d'imiter les mouvements de Lili et rit :
– C'est génial d'avoir une marraine-fée ! Cette aventure est de mieux en mieux !

Lili et ses amis montent à l'étage du dessus. Les enfants glissent un œil dans le bureau du roi et aperçoivent les deux malfrats. Ils sont entièrement vêtus de noir et super-équipés. Tandis que l'un pose sur le coffre une sorte de stéthoscope relié à un ordinateur, son complice regarde toutes les combinaisons de codes possibles défiler sur l'écran.

– C'était quoi, ce bruit, Blaise ? demande le cambrioleur penché sur l'écran. Tu devrais aller voir…
– OK, Franck !

Le dénommé Blaise se retourne et se
retrouve face à Lili :
— Hé, d'où sors-tu, toi ?

Le malfaiteur tente d'attraper la princesse, mais elle lui donne un coup de poing
dans l'estomac. Le voleur se plie en deux,
le souffle coupé. Lili se faufile entre ses
jambes et tire le tapis derrière elle. Blaise
fait un vol plané et atterrit sur le dos.
— Trop lent ! commente Lili.

Le deuxième cambrioleur se rue alors
sur Lili. La princesse-ninja tourne sur elle-
même ; son bâton de combat fauche les
chevilles du bandit et le fait valser :
– Trop mou !

Alors que Blaise se relève, Lili lui attrape le poignet, et elle se glisse aussi souplement qu'un chat dans son dos pour exécuter une redoutable clé de bras. Son adversaire est projeté, la tête la première, *bing !* contre le coffre-fort.

Lili hausse les épaules :

– Trop ridicule !

Cependant, Franck, qui a recouvré ses esprits, dégaine un revolver :
– Petit démon, attends un peu que…

Mais déjà la princesse effectue un saut périlleux jusque sur le bureau du roi :
– Coucou, je suis là !
Stupéfait, le cambrioleur fait demi-tour :
– Ben, comment tu…

Lili bondit du bureau au coffre, du coffre à la bibliothèque, et de la bibliothèque sur le lustre. Suspendue au lustre, elle donne un coup de pied dans le revolver. L'arme atterrit dans la vitrine de la bibliothèque et la pulvérise… L'énorme lustre, qui n'est pas souvent utilisé comme balançoire, s'écroule au beau milieu de la pièce. Lili réalise un roulé-boulé et se relève d'un bond.

Malheureusement, le malfaiteur ne s'avoue toujours pas vaincu. Il glisse la main le long de son mollet et tire un poignard de l'étui qui y était dissimulé.

Derrière son masque, Lili sourit :

– Trop court !

Et, d'un geste vif par-dessus son épaule, elle se saisit de son sabre. Trois moulinets plus tard, le cambrioleur n'a plus son poignard en main, sa tenue noire de camouflage est en lambeaux, et il court autour du bureau pour échapper au redoutable ninja rose…

– Ce n'est pas marrant, de se battre contre une poule mouillée pareille! s'exclame Lili.

Elle bondit, tourne sur elle-même et, du tranchant de la main, frappe la nuque du malfaiteur. Celui-ci s'effondre sur le bureau, qui se brise sous le choc. Les deux bandits sont KO.

Matteo et Youssra entrent à leur tour dans la pièce. Ils se mettent à parler en même temps :

– Quel massacre ! Et maintenant qu'est-ce qu'on fait ? Où est Boris ? Tu crois qu'il faut appeler la police ?

Lili essaie de les calmer :

– Pour l'instant, on ne craint rien, puisque je suis ninja ! Mais ce qui se passe est grave, on doit prévenir mes parents.

Lili aperçoit son reflet dans le miroir et ajoute en grimaçant :

– Seulement, je ne voudrais pas que Boris ou eux découvrent l'enchantement de Valentine… C'est mon secret !

– On n'a qu'à se déguiser, nous aussi, suggère Matteo. Comme ça, ils croiront qu'on jouait et que tu as juste mis un costume de ninja.

Les enfants retournent dans la chambre de la princesse. Ils fouillent dans le grand coffre à déguisements. Matteo devient cosmonaute et Youssra, tout excitée, enfile un costume de pirate. Quant à Ploc, il ressort du coffre, une coiffe d'Indien sur la tête.

– Maintenant, allons chercher Boris ! s'exclame Lili. J'espère que les voleurs ne lui ont pas fait de mal.

La petite princesse appelle :
– Boris ? Boris ?
Aucune réponse. Lili se penche alors vers son dragonneau :
– Aide-nous, Ploc…

Le dragonneau, grâce à son flair, ne met pas longtemps à guider les trois amis jusqu'au placard où gît le pauvre Boris.

Vite, les enfants le délivrent. Le serviteur
russe tâte sa bosse en grognant :

— Tout de même, les lâches ! M'attaquer
par-derrrière !

— Heureusement que ton vieux crâne est
solide ! dit Lili en l'embrassant.

Tandis que Lili prévient ses parents, Boris, armé d'un balai, s'élance dans les escaliers, bien décidé à s'occuper des cambrioleurs. Youssra et Matteo tentent de le retenir :

– Boris ! N'y allez pas, c'est dangereux !

Sans écouter leur conseil, le serviteur entre courageusement dans le bureau du roi Barouf. Mais les malfaiteurs ont déroulé une échelle de corde et se sont sauvés par la fenêtre. Boris les aperçoit, au fond du parc, qui s'enfuient.

Peu après, les parents de la princesse se garent dans la cour. Lili, Matteo et Youssra se précipitent à leur rencontre.

– Tout va bien ! Les bandits se sont enfuis sans voler le trésor ! raconte Lili.

La reine appelle immédiatement la police. À l'autre bout du fil, le commissaire Larchon ordonne :

– Ne touchez à rien ! Nous devons recueillir les indices et les empreintes. Interdiction de ranger, nous arrivons d'ici peu !

Puis le roi et la reine rejoignent Boris qui
se tord les mains au milieu du bureau
royal dévasté. Contemplant les dégâts, le
roi pousse un rugissement de colère :

– Qu'est-ce que c'est que ces voleurs ?
Depuis quand a-t-on besoin de tout casser
pour faire un cambriolage ?

Lili regarde ses pieds, un peu gênée, tandis que le roi se penche sur son coffre :

– Je dois vérifier si le trésor est toujours là.

Il compose le code secret et énumère :

– Mon sceptre, ma timbale de baptême, le collier de diamants de ma grand-mère, mes trois lingots d'or, la montre de mon père, et mon… euh… Poupou !

– Poupou ? répète Lili.

– C'était mon doudou, quand j'étais petit, explique le roi, attendri, en sortant du coffre un singe en peluche tout râpé. Juste un souvenir d'enfance…

Écarlate, le roi Barouf repose vivement
Poupou dans le coffre :
   – Tout est complet, mon trésor est intact !

À cet instant, Lili constate que le soleil est sur le point de se coucher. Elle va bientôt retrouver son apparence habituelle.

Elle souffle à ses amis :

– La nuit va tomber : l'enchantement est presque terminé !

Youssra murmure :

– On va vite aller se changer ! Comme ça, personne ne s'apercevra de rien.

Les trois enfants s'éclipsent, et filent en direction de la chambre de Lili.

Dans le bureau, la reine prend délicatement le vieux serviteur par le bras :

– Venez, Boris. Les enfants… Tiens, où sont-ils donc passés ?

Quittant le champ de bataille, la reine et le roi appellent :

– Matteo ? Youssra ? Il est temps que Boris vous raccompagne chez vous !

Tout le monde se retrouve bientôt dans le salon. La reine serre les enfants contre elle :

– Tout est bien qui finit bien. Vous êtes sains et saufs, et rien n'a été volé... Quelle chance ! C'est à croire qu'une bonne fée veille sur ce palais !

À ces mots, le roi sursaute :

– Une bonne fée ?

Il plisse les yeux et, baissant la voix, dit à son épouse :

– La seule fée que je connaisse, c'est ta sœur Valentine. Tu ne penses tout de même pas qu'elle est derrière cette mystérieuse affaire ?

Lili, Matteo et Youssra fixent le roi et la reine avec inquiétude…

La reine secoue la tête :

– Comment veux-tu que Valentine s'occupe de ce qui se passe ici ? En ce moment, elle traverse le Canada en motoneige. Nous sommes bien le cadet de ses soucis !

Le roi passe la main sur son visage et marmonne :

– Oui, tu as raison, je dis n'importe quoi.

Discrètement, les enfants poussent un soupir de soulagement. Lili, serrant Ploc dans ses bras, se mêle à la conversation pour éloigner les soupçons :

– D'ailleurs, ma marraine adorée pourrait donner de ses nouvelles, de temps en temps. Elle me manque un peu.

La reine sourit à sa fille :

– Pourquoi ne lui téléphonerais-tu pas, tout à l'heure ?

Lili se retient de rire :

– C'est une bonne idée… Je ne le fais pas assez souvent !

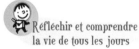

Des romans pour les lecteurs débutants

 Se faire peur et frissonner
de plaisir

La nuit de la rentrée

Un fantôme à la bibliothèque

Réfléchir et comprendre
la vie de tous les jours

La reine de la récré

Sonia la colle

Rêver et voyager
dans des univers fabuleux

Rentrée sur Galata

Le trésor du roi qui dort

Rire et sourire
avec des personnages insolites

Minouche et le lion

Grabotte la sotte

Se lancer dans des aventures
pleines de rebondissements

Les aventures de Victor BigBoum — Victor veut un animal

Attention, voilà Tipota !

© Eric Gasté

Presse

Mes premiers J'aime lire, un magazine **spécialement conçu pour accompagner les enfants du CP et du CE1** dans leur apprentissage de la lecture.

Un rendez-vous mensuel avec **plusieurs formes et niveaux de lecture :**

- une histoire courte
- un vrai petit roman illustré inédit
- des jeux et la BD Martin Matin

Avec un **CD audio** pour faciliter l'entrée dans l'écrit.

Chaque mois, les **progrès de lecture de l'enfant sont valorisés**, du déchiffrage d'une consigne de jeux à la fierté de lire son premier roman tout seul.

Réalisé en collaboration avec des orthophonistes et des enseignants.

Pour en savoir plus : *www.mespremiersjaimelire.com*

Toutes les aventures de

La grotte mystérieuse
Le bébé-roller
Charmants, ces brigands !
Une maladie bien capricieuse !
La guerre des sorcières
Le secret du ninja rose

Achevé d'imprimer en août 2009 par Pollina
85400 LUÇON - N° Impression : L50610A
Imprimé en France